佐羅力他們為了欺騙自己一點也不餓，於是將工作用手套含在嘴裡吸呀吸，一邊搖搖晃晃的往前走。突然——
者微微熱氣來。
吸吸吸吸
吸吸
吸吸
吸吸
咻嗚

他們三個頓時全身寒毛直豎，不由得呆呆站在原地。
抖抖抖抖
嗚嗚，會不會要被什麼東西附身了啦——
哇呀——會、會是鬼嗎——
這、這些工作用的手套全部都給你，饒了我們吧。
這時從那一頭現身的是……

哇——
我終於找到你了，
佐羅力大師——
現在我一切
只能夠依靠你了，
請你務必一定要
幫幫我。

是妖怪學校的老師。
佐羅力之前曾經
幫助過這位老師很多次。
「喂、喂，雖然說你是妖怪，

但是你現身的時候也不用製造出那麼恐怖的氣氛吧。」

佐羅力因為肚子很餓，心情非常惡劣。

妖怪學校的老師並沒有注意到這點，他是特地來拜託佐羅力一件事的。

「其實呢，明天晚上，
我們要舉辦一年一度的
『妖怪運動會』。
今年輪到我尋找場地，
但是我忘了……
雖然後來我也急急忙忙的
到處去找，
但是時間這麼趕，
也沒有人願意

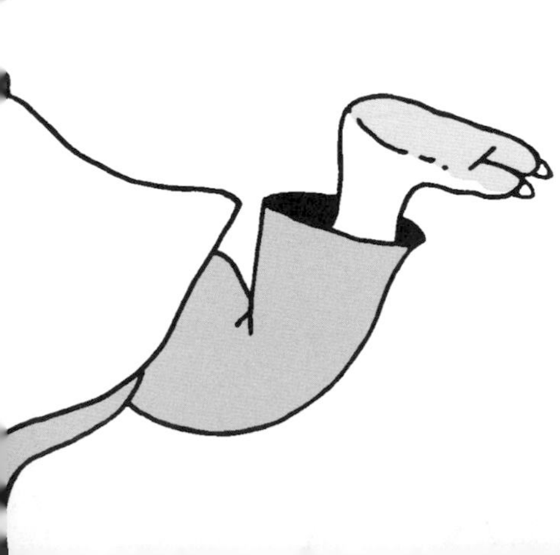

出借場地。
再這樣下去，
運動會就要因為
我的失誤停辦了。
佐羅力大師，
請問您知道
哪裡還有
可以安排活動的
運動場嗎？」

「喂，喂，本大爺肚子餓得半死，
你還要本大爺幫忙找運動會的場地？
我可沒那個精神，也沒那個體力。
就算我死了，也不想跟運動會
扯上關係。」
佐羅力很無情的這麼說。

喂、喂，喂，
想不到事情會
演變到這個地步，難道說
真的要放棄這次的
「運動會」主題嗎？

這時，不知道從哪兒，隱隱約約傳來一陣食物的香氣，

佐羅力他們受到吸引，腳步飄忽的往香氣傳來的方向離開。

嗚哇～
連唯一能夠依靠的佐羅力大師都斷然拒絕我，看來今年的「妖怪運動會」真的沒希望了——

妖怪學校的老師頓時跌坐在地上，嗚嗚大哭起來。

那個帶有美味食物的香氣，是從林子那一頭的一間老舊小學飄散出來的。

校園中，有一位女老師正在指導三名學生練習疊羅漢體操。佐羅力他們

為了尋求協助而踏入校園，
但是才一走進去，
就因為全身無力而砰的倒在地上。

在同一瞬間，
鐘聲響起；
那道鐘聲簡直就像
搖籃曲般
迴盪在校園中，他們三個
漸漸失去了意識。

清醒過來的時候，佐羅力他們眼前，
正擺放著看起來很美味的營養午餐。
他們全都忍不住忘我的狼吞虎嚥。
看到這個情景，老師對他們說：
「太好了，你們果然是肚子餓了。趕上我們的營養午餐時間。」
「嗚——好好吃。我復活啦，太感謝了，
本大爺叫做佐羅力，旁邊這兩位……」
「我叫伊豬豬。」
「我叫魯豬豬。」

我叫夏洛特，
是這間學校的老師。
這兩位是六年級的奎雷爾
和小尚。
坐在最旁邊的是
今年剛上一年級的小小。
這就是我們學校所有的學生啦。

「咦——只有三個學生？」

「沒錯，而且……

年紀最大的這兩位明年就要畢業升中學。由於這間學校將要廢校，所以，一年級的小小也因此得要轉到隔壁鎮的小學。」

「老師，我們吃完營養午餐了，可以到外面去玩嗎？」

奎雷爾問。

「嗯，可以喔。」

孩子們走出教室後，老師嘆了一口氣。

「怎麼了？夏洛特老師。」
佐羅力關心的問，

嗯……一年級的小小
個性很畏縮，非常怕生。
現在，有六年級的同學在我身邊幫忙照顧，
但是明年，這孩子就只剩下他一個人了，
他到底能不能順利的適應新環境，
真的讓我非常擔心哪。

夏洛特老師一邊說，一邊伸手指向校園。

小小一到下課休息時間，最喜歡做的事，
就是像我們所看到的，一個人閱讀
「妖怪主題的書」。
那樣雖然很好，但我想讓他更積極一點、
擁有與同學成為好朋友的能力，
之後再將他送進新學校。
明天學校要舉辦運動會，我想要教導他
要和夥伴一起合作、彼此幫忙，
這是個很好的機會，但是全校只有三個學生，
我看對他的影響也有限吧。
夏洛特老師說著，露出
很無力的笑容。

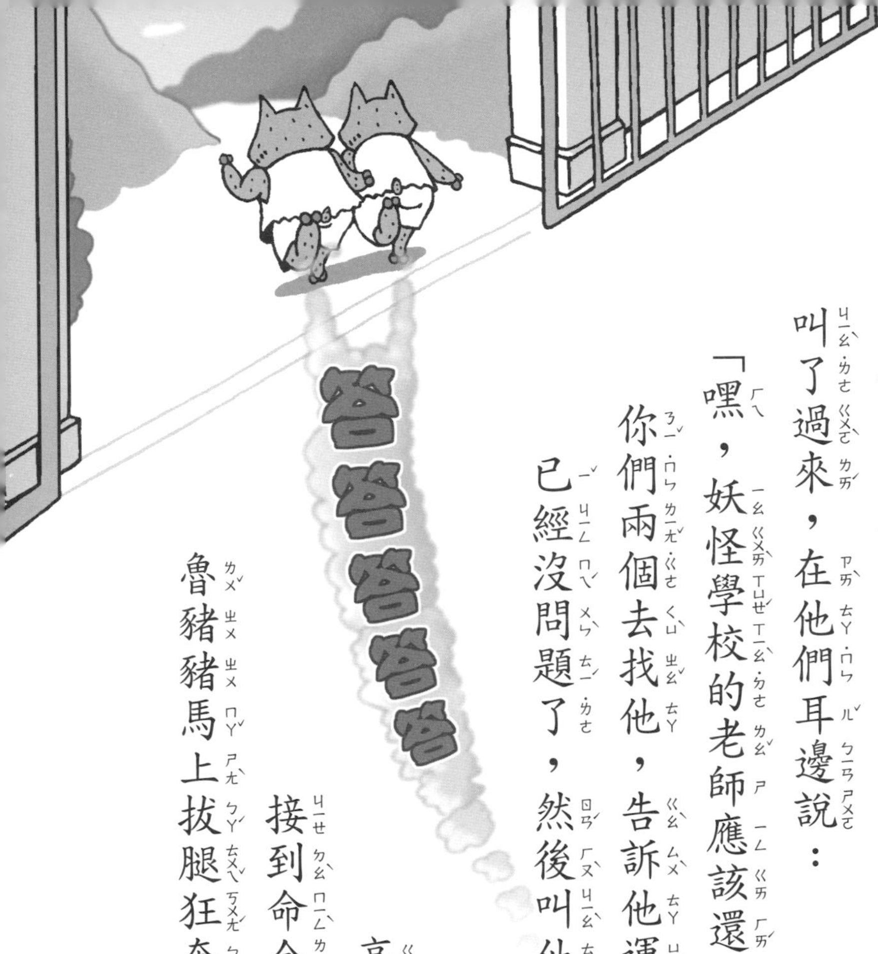

對了！

佐羅力把伊豬豬和魯豬豬叫了過來，在他們耳邊說：

「嘿，妖怪學校的老師應該還在附近，你們兩個去找他，告訴他運動會的場地已經沒問題了，然後叫他過來。」

「遵命。他一定會高興到立刻衝過來。」

接到命令後，伊豬豬和魯豬豬馬上拔腿狂奔出學校，

這、這是真的嗎——太好了，
佐羅力大師——

不一會兒，妖怪學校的老師就滿面笑容的飛奔進校園。

「夏洛特老師。這位老師正煩惱找不到運動會的場地。我想，如果你們雙方能一起舉辦運動會，這樣參加的人數就會增加，大家也可以

從團體活動和合作中得到學習。」

「啊，這個主意太好了。」

「只不過，這位老師的學校每年舉辦活動都有主題，今年的主題剛好是『妖怪運動會』。他們都已經準備好了，說希望明天晚上可以舉行。」

「晚上舉辦運動會的話，對小朋友來說……」

當夏洛特老師露出困擾的表情時——

嘿，你們在說什麼「妖怪運動會」呀？
妖怪大辭典
原本躲在校園角落看書的小小，很快的向他們跑了過來。
嗯，就是所有人都要裝扮成妖怪的模樣，一起來參加運動會。大概是這個意思喔。
嗄？是的，沒錯，就是這樣。佐羅力大師。
哇——我想參加！我早就好想試一次看看變身成妖怪。
對妖怪學校的老師來說，只要今年的「妖怪運動會」可以不用停辦，那就足夠了。
妖怪大辭典

這是小小第一次主動說出自己想做的事。夏洛特老師很希望能好好延續他這樣的積極心和主動性。

好，那我知道了。如果能讓我在晚上九點前將孩子送回家，我會負責去說服這些孩子們的家長。我們就來舉辦「妖怪運動會」吧！
耶！太棒了！
真的是太感謝你們了。嗚嗚嗚。
妖怪大辭典

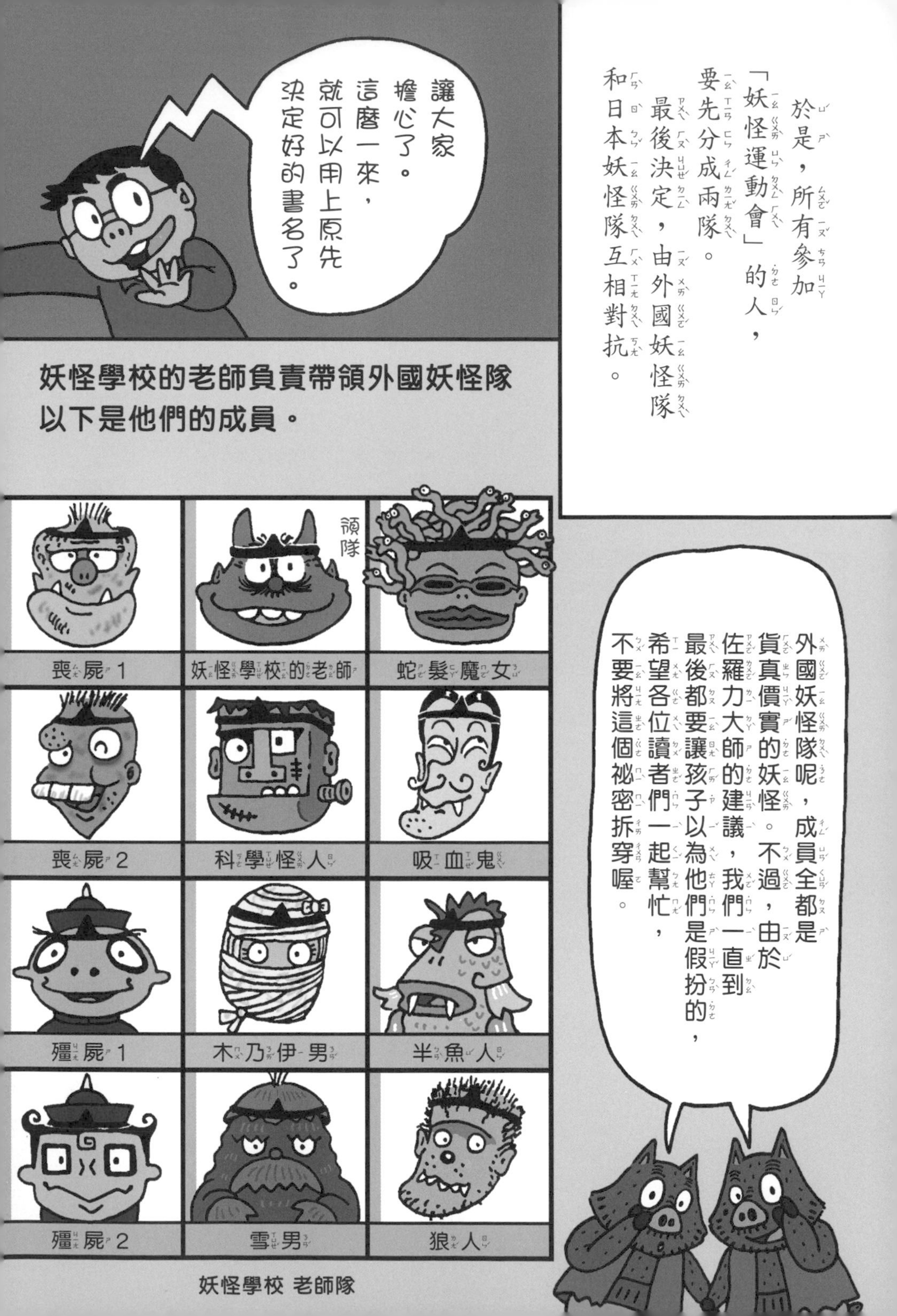
於是，所有參加「妖怪運動會」的人，要先分成兩隊。最後決定，由外國妖怪隊和日本妖怪隊互相對抗。
讓大家擔心了。這麼一來，就可以用上原先決定好的書名了。
妖怪學校的老師負責帶領外國妖怪隊
以下是他們的成員。
喪屍1
領隊
妖怪學校的老師
蛇髮魔女
喪屍2
科學怪人
吸血鬼
殭屍1
木乃伊男
半魚人
殭屍2
雪男
狼人
外國妖怪隊呢，成員全都是貨真價實的妖怪。不過，由於佐羅力大師的建議，我們一直到最後都要讓孩子以為他們是假扮的，希望各位讀者們一起幫忙，不要將這個祕密拆穿喔。
妖怪學校 老師隊

怪傑佐羅力之

妖怪運動大會

文‧圖 **原裕**　譯 周姚萍

另一隊，則是由佐羅力領軍的
日本妖怪隊，以下為其中的成員。
大家都是聽我的建議來變裝的喔。
妖怪大辭典
在乒乓球上簡單畫了眼珠子
只將小黃瓜固定在頭上而已
只把雪人玩偶固定在頭上而已
哇，隔壁那些妖怪都是玩真的耶。
伊豬豬
佐羅力
領隊
夏洛特老師
將臉塗成白色的
四眼小和尚
小黃瓜(帥)狐狸
雪女
魯豬豬
只有戴上假髮而已
小小
只在頭上頂了一個盤子
油紙傘妖
座敷童子
河童
奎雷爾
只裝了鼻涕狀的裝飾物而已
洗紅豆妖怪
長脖子女妖
鼻涕泡泡妖
小尚
只戴上娃娃頭造型的假髮而已
舔汙垢妖怪
蜘蛛女
廁所六月子
佐羅力隊

等隊伍分成兩隊之後，當天晚上就馬上——

召集妖怪總動員，
所有的妖怪都一起
幫忙布置會場。

這麼大型的活動，對這個小村莊來說，是很少見的。

村裡的居民聽說學校要舉辦「妖怪運動會」，也都打算扮成妖怪一起來看熱鬧，整個村子到處都洋溢著祭典般的熱烈氣氛。

第二天傍晚五點，運動場上
擠滿了妖怪與村民。
外國妖怪隊與日本妖怪隊各有十二名成員，
他們在司令臺前排成兩排，
由妖怪學校的老師上臺致詞，
正式為運動會
拉開序幕。

家長會會長
嗯——
這次因為我的疏忽，差點就讓「妖怪運動會」陷入停辦危機。不過呢——在佐羅力大師竭盡全力的協助之下，我們最後得以和這間小學一起共同舉辦運動會，才能夠如此順利的迎接今天這個日子的來到，我心中真是無限感激哪。
回想起來，我與佐羅力大師的初次相遇，可以追溯到二十七年前的《恐怖的鬼屋》，他幫助了我的學生，接下來在《妖怪大作戰》，以及
《妖怪大聯盟》、《恐怖的妖怪遠足》中，都曾多次接受他的幫助，佐羅力大師不知不覺中已經成為我們心靈的強大支柱。接下來，也請佐羅力大師一定要與我們維持長長遠遠的友誼。

由於我認為在運動會開始前，不宜像老太婆的裹腳布一樣，講那些又臭又長的話，所以打算簡短致詞就好。那個——前陣子我外出散步，偶然間停下來，發現腳邊有小小的花兒盛開。在每天都會經過的路上，盛開著這樣令人憐惜的花朵，真的很療癒我心。平日的生活中，要是只管庸庸碌碌，便容易錯過眼前的小小幸福。
所以請各位偶爾也試著停下腳步看看四周吧。啊，話還是說得太長了，我差不多要在這裡打住了。不過呢，所謂的「運動會」，都得靠平日的鍛鍊，一點一滴累積起能力，這點非常重要。要是平日沒鍛鍊，突然做了劇烈的運動，將導致肌肉痠痛或肌肉拉傷。為了避免這狀況，
我每天早上一定會做廣播體操，讓身體健健康康的，而品嘗早餐時，也會因此覺得特別美味。請大家也藉由小小的運動累積起能量，
下一頁還有

好得以在今天這樣的運動會中充分發揮。最後、最後我還要說，在運動會中有人們所號稱的重要三錦囊。我講這個，是為了讓我的開幕式演說有一個強而有力的結尾……
突然間，佐羅力快跑衝上了司令臺，他從妖怪學校老師的手中搶走麥克風，大聲喊：
好，「妖怪運動會」正式開始啦——
這時，運動場上，每一個早就已經聽演說聽得很煩的參加者，全部一起歡呼，現場歡聲雷動。

對於三個小學生來說，這是他們第一次參與人數這麼眾多的熱鬧運動會。

佐羅力先生，
第一項「滾大球」比賽，
請讓我們三個參加。

看到孩子們眼睛發亮的主動要求參加比賽，讓夏洛特老師感到非常高興。

佐羅力看到這情景，很振奮的說：

「好，我喜歡這種衝勁，來，去吧！」

他立刻推著三個人的背，送他們到比賽會場，

這時場上已經有兩隻身體鼓脹起來像球一樣的癩蝦蟆排在起跑線前。

看來，「妖怪運動會」中的滾大球比賽，不用大球，而要改成「滾蝦蟆球比賽」了。

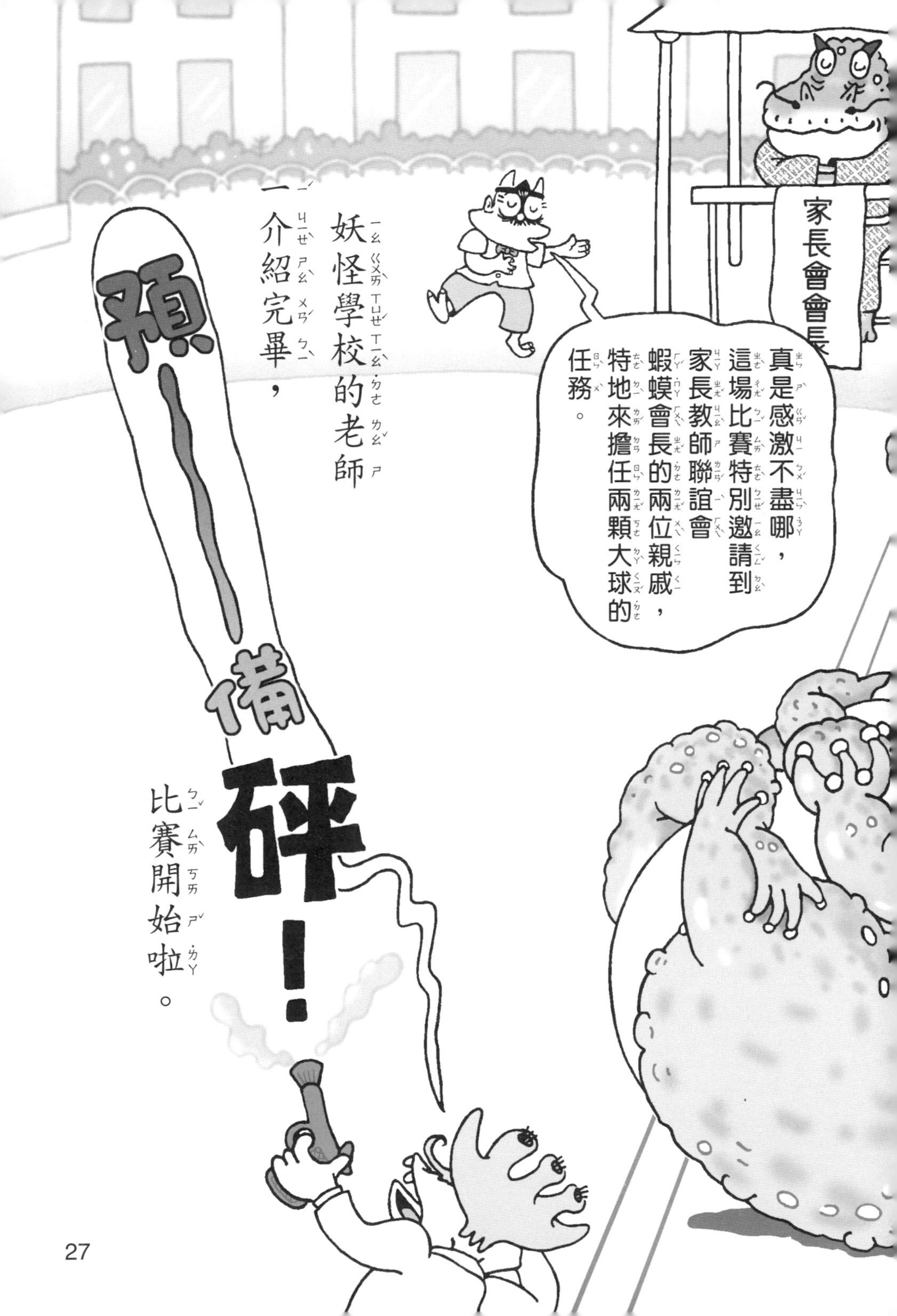
家長會會長
真是感激不盡哪，這場比賽特別邀請到家長教師聯誼會蝦蟆會長的兩位親戚，特地來擔任兩顆大球的任務。
妖怪學校的老師一介紹完畢，
預備
砰！
比賽開始啦。

外國妖怪隊隨著輕快的音樂，
十分順暢的
滾動蝦蟆球，
繞行運動場。

相反的，
另外一邊日本妖怪隊的
孩子們，卻很不想
碰那黏答答、溼糊糊的蝦蟆。
他們十分勉強的
用指尖輕輕接觸蝦蟆球，
所以蝦蟆球就很不容易

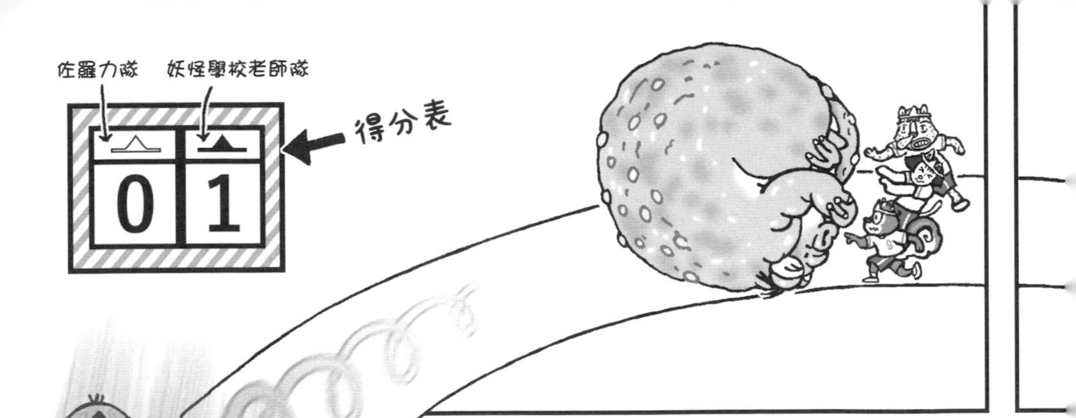

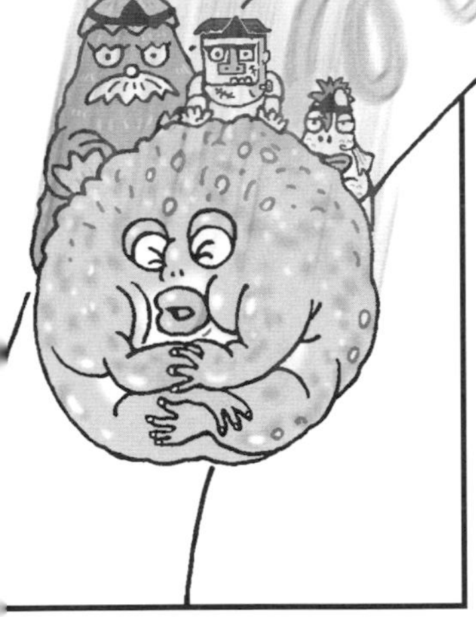

往前滾動。

再這樣下去的話，
他們就無法獲勝了，
奎雷爾乾脆奮力的用腳一踢。

於是，滾動的蝦蟆球
碰一聲撞上校園角落的一棵樹，
結果緊緊黏住了。

著急的孩子們
正努力想要將蝦蟆弄開，
這時外國妖怪隊已經
抵達終點了。

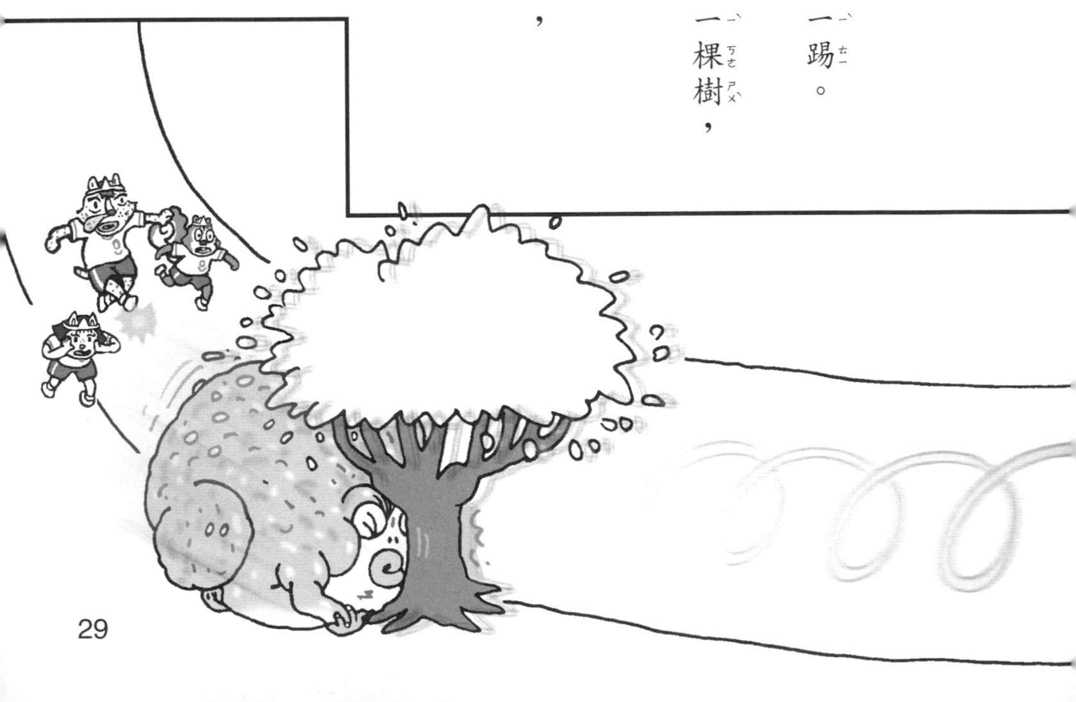

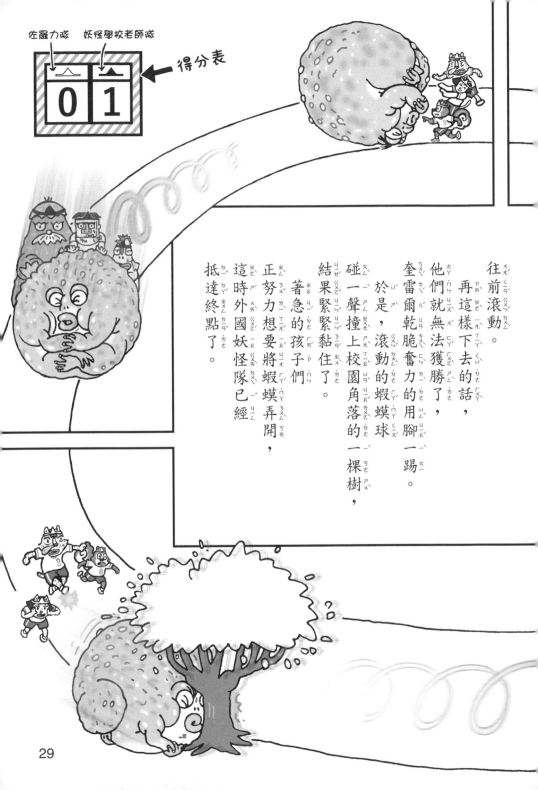

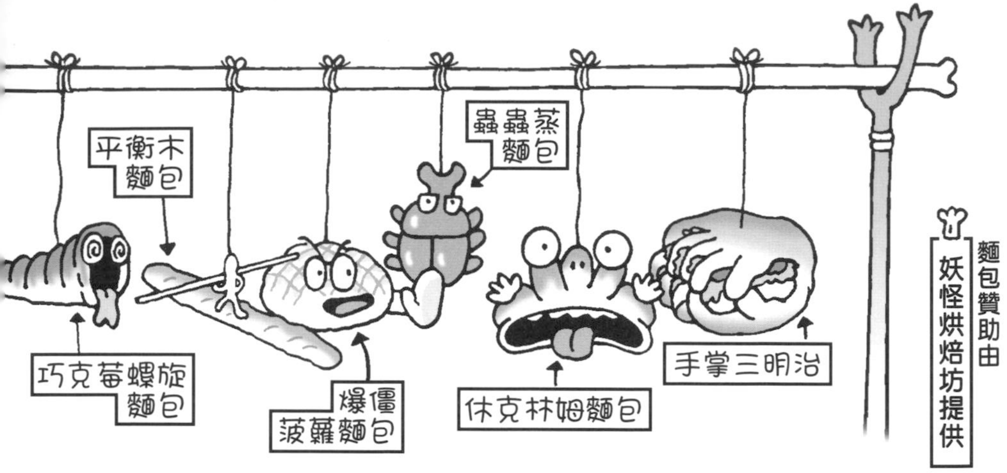
麵包贊助由
妖怪烘焙坊提供
平衡木麵包
蟲蟲蒸麵包
巧克莓螺旋麵包
爆僵菠蘿麵包
休克林姆麵包
手掌三明治

「真對不起。」三個孩子垮著肩膀，沮喪的走回來對佐羅力說。

「輸就輸了，別一直放在心上，你們又沒參加過『滾蝦蟆球比賽』。好，大家要在接下來的『吃麵包比賽』中

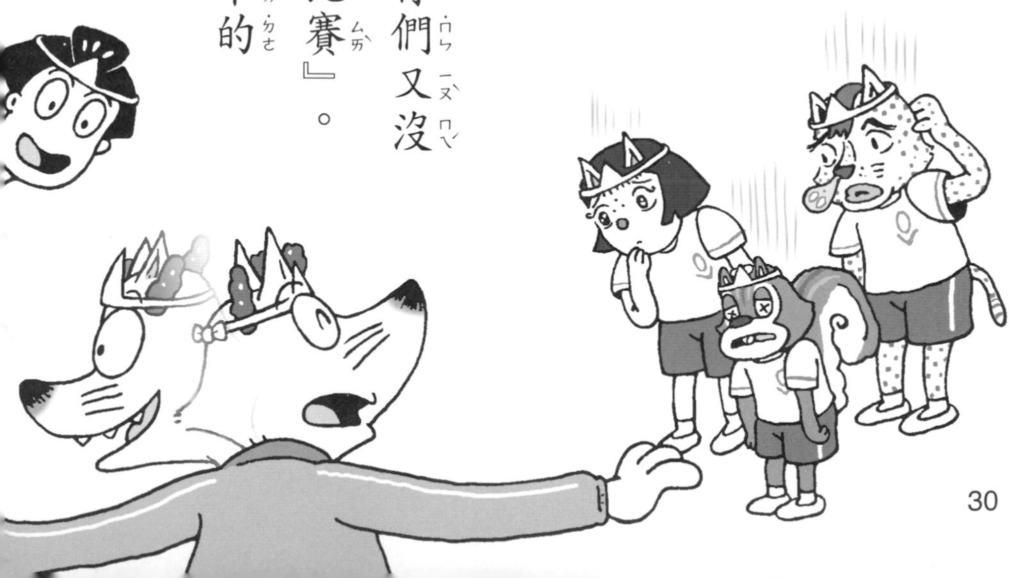

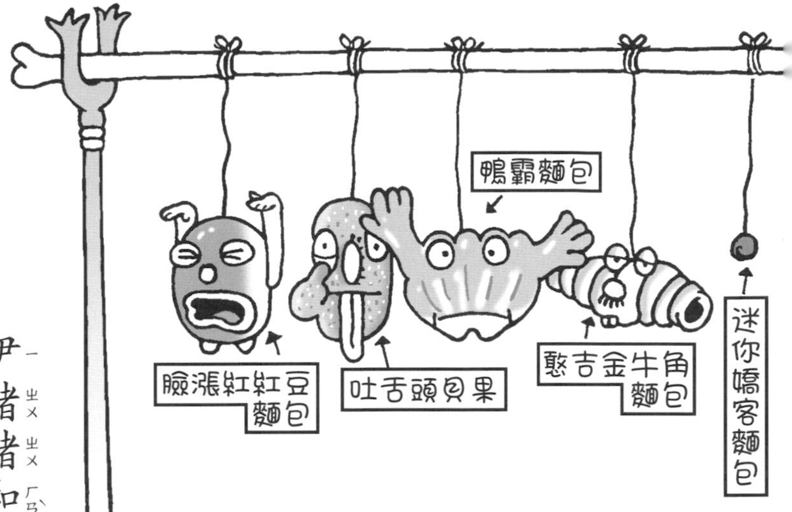

鴨霸麵包
臉漲紅紅豆麵包
吐舌頭貝果
憨吉金牛角麵包
迷你嬌客麵包

逆轉勝喔！」

這場比賽的比賽規則和一般的「吃麵包比賽」一樣。跑道上吊著很多奇形怪狀的麵包，

領隊佐羅力毫不猶豫的指名長脖子女妖，以及愛吃鬼兄弟伊豬豬和魯豬豬出場參賽。

預備——
砰！

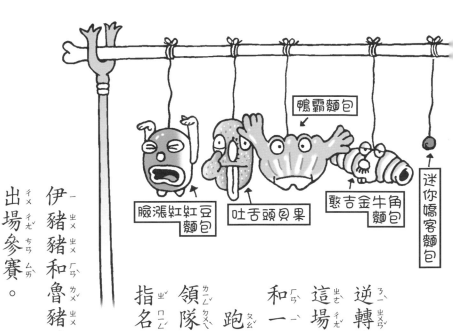

長脖子女妖運用她的長脖子，
將兩位殭屍對手用力壓制住，
讓他們跳不起來，
再從右側張大嘴巴
一口咬下麵包。

伊豬豬和魯豬豬則是
在往上跳的同時，嘴巴大開，
用盡全力吸氣，將嘴巴周邊的麵包
一口氣全吸進去。

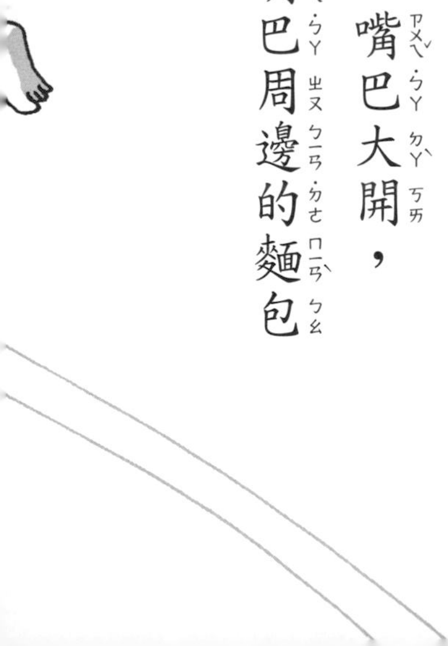

1 1
哇咧
哇塞，那個長脖子女妖未免也打扮得太逼真了吧。好，我也要努力加把勁扮演好雪女才行。
太好了！
化妝鏡

他們聯手讓對手根本連一個麵包都吃不到。

再來是由全體隊員一起參加的「投球」比賽。

然而，運動場上準備好的投「球」網籃，卻是四角形而且四邊都有開口的網籃。

最教佐羅力他們吃驚的，是投球的「球」根本就是冒著藍白火焰的火球。

妖怪們一副無所謂的樣子，

人人用手拿著火球，
等待著比賽開始的號令。
佐羅力他們哪有辦法
在毫無防護的狀態下，
徒手撿起火球呢？
看起來他們要
敗下陣來了。
就在這時，

魯豬豬想起了一件事。

「我們之前在五金百貨大賣場，買了很多工作用手套哇！」

是的，戴上手套絕對會比沒有任何防護來得好很多。

等佐羅力隊的隊員全都戴上手套之後，

砰——！

比賽開始了。

大家飛快的把火球撿起來，再飛快的丟出去，

這樣火球就沒有想像中

那麼燙手。

依靠著這種
速戰速決的行動策略，
佐羅力隊也努力的開始追趕投球數量。
可是，對手的隊伍居然
一投完火球，就將桿子弄倒，
讓網籃落地。
然後，在下一刻——

將旁邊早已準備好的秋刀魚，放在滾燙的網籃上。

「咦——他們在幹麼？」

佐羅力急忙抓著身邊的

糟了——我、我們這邊也要快、快點將網籃弄下來——

油紙傘妖問。

「就是要利用丟進網籃中的火球，迅速將秋刀魚烤好，最先烤好的隊伍就算獲勝哪。咦？難道你不知道比賽規則嗎？」

「我哪會知道這種妖怪界的規定啊——」

於是佐羅力隊也急急忙忙將網籃弄到地上，開始燒烤秋刀魚。

不過，當對手隊伍已經將秋刀魚烤得恰到好處的時候……
滋滋 滋滋
滋滋
滋滋
滋滋
滋滋
各位，我們沒多餘的時間愁眉不展，必須在接下來的「騎馬打仗」好好加油才行。
佐羅力隊的秋刀魚卻才烤得半生不熟而已。
……
根本就還不能吃啊……
這時候，對手隊伍已經排成三組「騎馬隊」，等在那兒啦。
喂，魯豬豬。「騎馬打仗」的比賽，祕訣就是「刺頭」一定要將上面那個傢伙的頭巾搶到手喔。

佐羅力也
挑選兩位動作敏捷的隊員，
分別騎到三人一組擔任「馬匹」的隊友身上。
這時候，工作人員跑過來，對大家說：
「你們這樣還沒辦法對戰喔。
騎在上方負責作戰的選手
必須要戴上這個才行。」
工作人員遞給他們——

我知道了，佐羅力大師。
好！

嘿，我好不容易弄到了一顆火球耶。
鐵絲

一副假牙。

而且是左右兩側

各有一支尖牙的假牙。

「咦——是騎馬『用尖牙刺芋頭』嗎……」

「沒錯，前方有一個平臺，

上面放著芋頭，

你們要分別用兩根

尖尖的牙齒刺中一個芋頭，

再帶著芋頭跑到終點。」

刺中
刺中
滾哪滾哪
滾哪滾哪
滾哪滾哪
滾哪 滾哪
滾哪 滾哪
滾哪 滾哪
滾哪 滾哪
滾哪 滾哪

「難怪對手隊騎在馬上的三位，
嘴裡都有尖牙呀。」
很自然的，不習慣使用尖牙的
佐羅力隊隊員，
根本插不中芋頭，
只能讓芋頭滾過來滾過去，
陷入了苦戰。
好不容易，佐羅力右邊的尖牙
插到一顆芋頭，他總算抓到訣竅了……

這時，對方隊伍的三組人馬都已經到達終點。

「分數要是再這樣繼續拉開，
那大家都會很焦慮，
這樣比賽後半段開場的土風舞
也沒辦法開開心心的跳了。」

「土、土風舞，也是運動會
比賽項目之一嗎？」

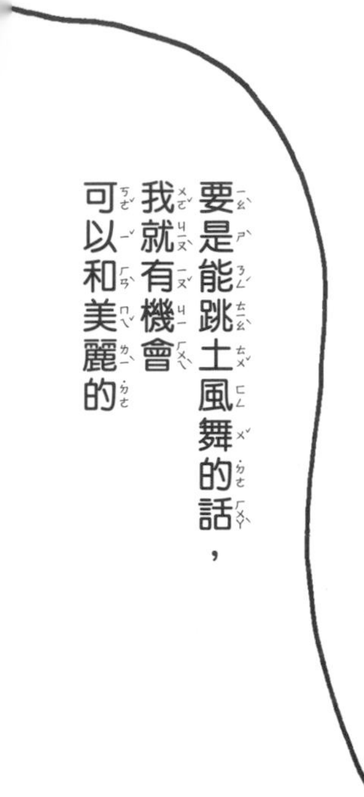
要是能跳土風舞的話，
我就有機會
可以和美麗的

13

「好——本大爺一定
會在『跳高』的項目獲勝，
扳回一城的。
請夏洛特老師絕對要和我一起
開心的跳土風舞。」
「啊，那真是太好了，拜託你啦。」
聽到夏洛特老師這麼說，
佐羅力渾身充滿幹勁——

他變身為怪傑佐羅力後，隨即英姿煥發的出現在運動場上。

卻看到，操場中央居然聳立起一座墳墓。

看起來妖怪們要比賽的項目，並不是「跳高」比賽，而是要比賽「跳墳」哪。

不過，佐羅力已經見怪不怪，不管會有什麼變化，他都不再感到驚訝。

比賽規則是用墓碑取代「跳高」的橫桿，選手可以自己選擇要跳升到哪個高度的墓碑。

但是挑戰機會只有一次。如果失敗，立刻失去資格，哪一隊能跳過最高的墓碑高度，就獲得勝利。

墓碑
此處會逐漸往上升慢慢的指高墓碑的高度
供品臺
起跳臺

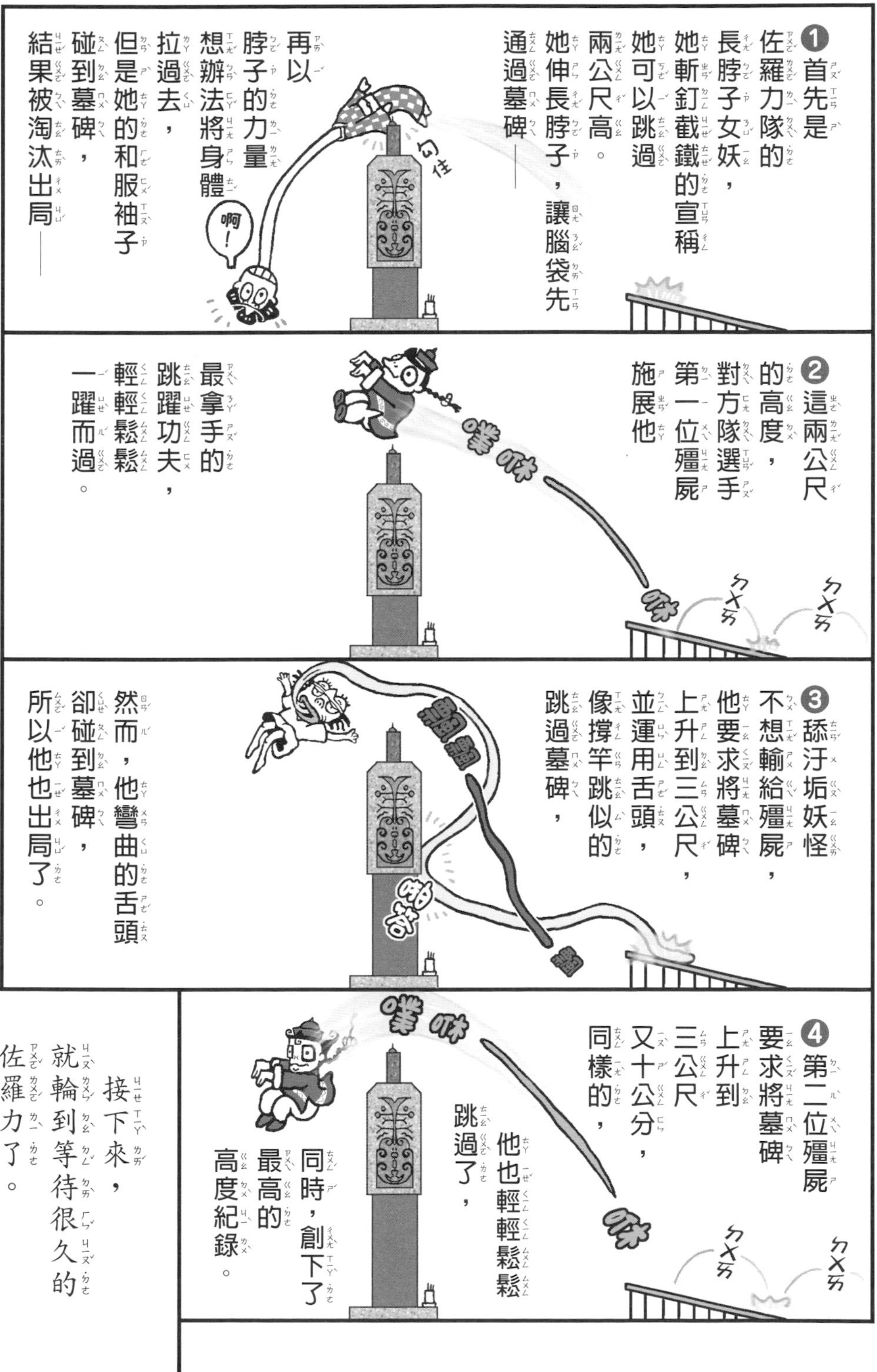
❶首先是佐羅力隊的長脖子女妖，她斬釘截鐵的宣稱她可以跳過兩公尺高。
她伸長脖子，讓腦袋先通過墓碑——
勾住
啊！
再以脖子的力量想辦法將身體拉過去，
但是她的和服袖子碰到墓碑，
結果被淘汰出局——
❷這兩公尺的高度，對方隊選手第一位殭屍施展他
最拿手的跳躍功夫，輕輕鬆鬆一躍而過。
噗咻——
咻
ㄉㄨㄞ
ㄉㄨㄞ
❸舔汙垢妖怪不想輸給殭屍，他要求將墓碑上升到三公尺，並運用舌頭，像撐竿跳似的跳過墓碑，
然而，他彎曲的舌頭卻碰到墓碑，所以他也出局了。
溜溜
啪答
溜
❹第二位殭屍要求將墓碑上升到三公尺又十公分，同樣的，
噗咻——
咻
他也輕輕鬆鬆跳過了，
同時，創下了最高的高度紀錄。
ㄉㄨㄞ
ㄉㄨㄞ
接下來，就輪到等待很久的佐羅力了。

上升到10公尺

佐羅力突然宣布要將墓碑升到很驚人的高度。

剛才其他幾位選手正在比賽時，他一直與魯豬豬開會討論，難道說他有什麼特別的作戰策略嗎？

佐羅力運用助跑，快跑上起跳臺，張開了披風。

當他大聲一呼，

佐羅力的身體，就以頭頂帽子都快要飛落的強勁力道，猛的飛起來，輕盈的躍過墓碑上方。

原來，

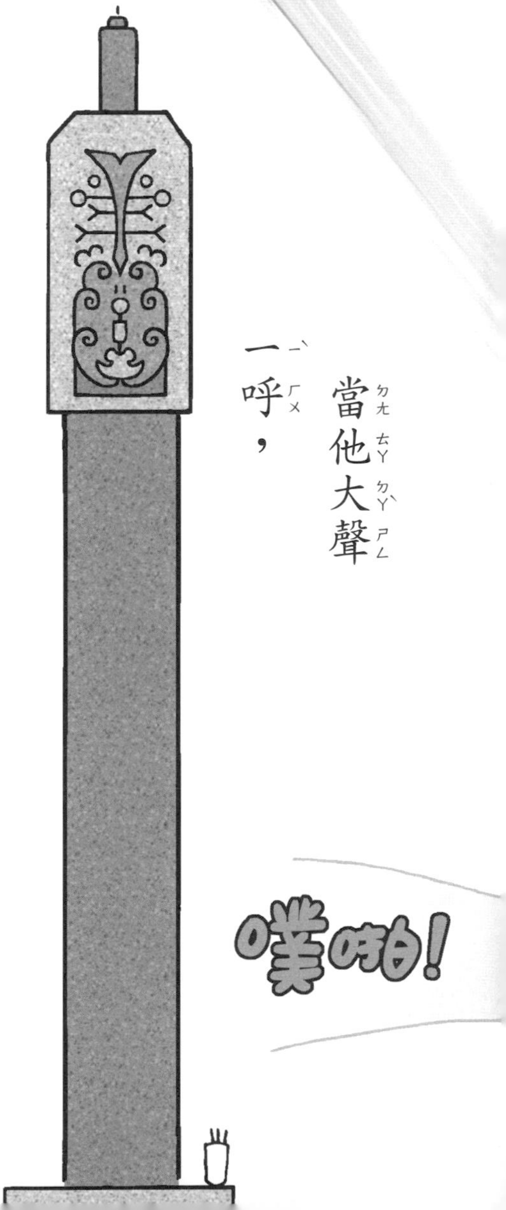

魯豬豬就躲藏在起跳臺的下方，
他瞄準佐羅力的披風，
用力的放出一屁。
由於魯豬豬的屁實在太強大了，
屁的力道過猛，導致佐羅力最後
撞上校舍的鐘臺。這陣撞擊
讓他的披風和鞋子全都飛了。

痛痛痛痛痛。不過，
這個紀錄一定不會被打破的。
哇呀。

這時佐羅力往下一看，
不禁毛骨悚然。

魯豬豬

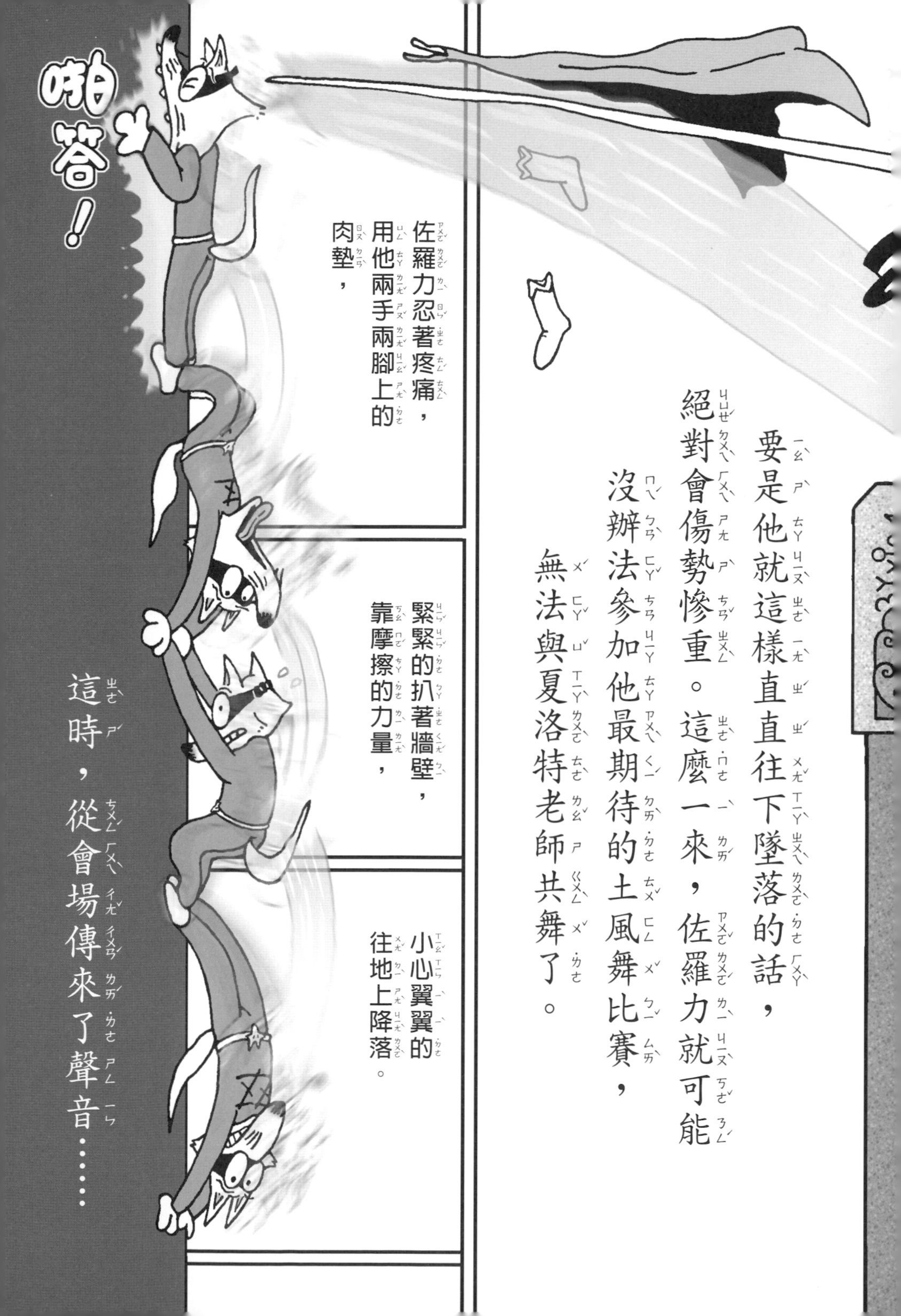

要是他就這樣直直往下墜落的話，絕對會傷勢慘重。這麼一來，佐羅力就可能沒辦法參加他最期待的土風舞比賽，無法與夏洛特老師共舞了。

佐羅力忍著疼痛，用他兩手兩腳上的肉墊，

緊緊的扒著牆壁，靠摩擦的力量，

小心翼翼的往地上降落。

這時，從會場傳來了聲音……

在佐羅力之後登場的選手吸血鬼，要求將墓碑的高度升到十五公尺。

「太、太狡猾了。

吸血鬼有了披風就能飛呀。」

聽到魯豬豬這麼抱怨，

吸血鬼就說：

「沒錯，所以我不用披風。」

他帥氣的將披風

一脫——

我要用念力讓我的身體飄浮起來。

他說著，就在起跳臺上做出集中精神的模樣。事實上，吸血鬼的頭上、衣服、鞋子那些黑色的部分，

全都是由他的蝙蝠夥伴吸附裝扮而成的。

當所有蝙蝠一起拍翅飛起時，吸血鬼就跟著咻的飄起來，

身體直直的往上升。依照著他們飛行的這個勁道，看來不只是十五公尺，甚至連二十公尺應該都能飛越過去。

雖然這樣算是使詐，但是佐羅力不也是藉由魯豬豬放的屁才能飛越過墓碑，所以他們無法提出抗議。

如此一來，佐羅力剛剛的紀錄豈不是就要被打破了。不，請大家再等等。

吸血鬼一抵達墓碑上方時，
「咦？這、這個？啊——救命啊——」
居然在空中起了一陣大騷動，
不知為什麼受到驚嚇的蝙蝠們
一起往四處飛竄。
而身上只剩一條內褲的吸血鬼，
就這樣
筆直往原本的
起跳臺落下。

「發、發生了什麼事？」

小尚非常驚訝的問，

小小雙眼發亮的大叫：

「佐羅力先生的帽子

剛剛好掉在墓碑上面耶！」

然而，大家卻完全不清楚

究竟發生了什麼事。

於是，小小很仔細的

向大家說明。

十、十、十，是十字呀～
墓碑
佐羅力先生知道吸血鬼害怕十字的弱點，所以他在飛越墓碑時，故意讓帽子掉落在墓碑上。
看，剛剛好落在墓碑正上方的帽子，兩者結合的形狀看起來是不是就像一個十字。
墓
經過小小熱切的解說，
在自己全神貫注進行比賽時，還能夠想到之後的狀況並且及時採取行動，佐羅力先生超厲害的。

大家都用尊敬的眼神看著佐羅力。

「嘿嘿嘿。」

佐羅力沒說出那是巧合的真相，僅僅在一旁嘿嘿乾笑著。

不過佐羅力隊終於暫時領先了。

一想到等休息時間過完，就能夠與夏洛特老師快快樂樂的跳土風舞，佐羅力心裡感到很興奮、很激動。

中場休息時間到了。
這是用來上廁所、吃午餐的休息時間。然而，
原本坐在觀眾席上的妖怪們，
卻全身塗得白白的，
一個一個的陸續走到運動場。

各位，我想利用這段中場休息的時間，請大家觀賞妖怪……啊，不，是來觀賞假扮成妖怪的勇士們，特別為今天所苦練的「疊羅漢體操」。
嗶——嗶

隨著妖怪學校的老師吹響哨音，

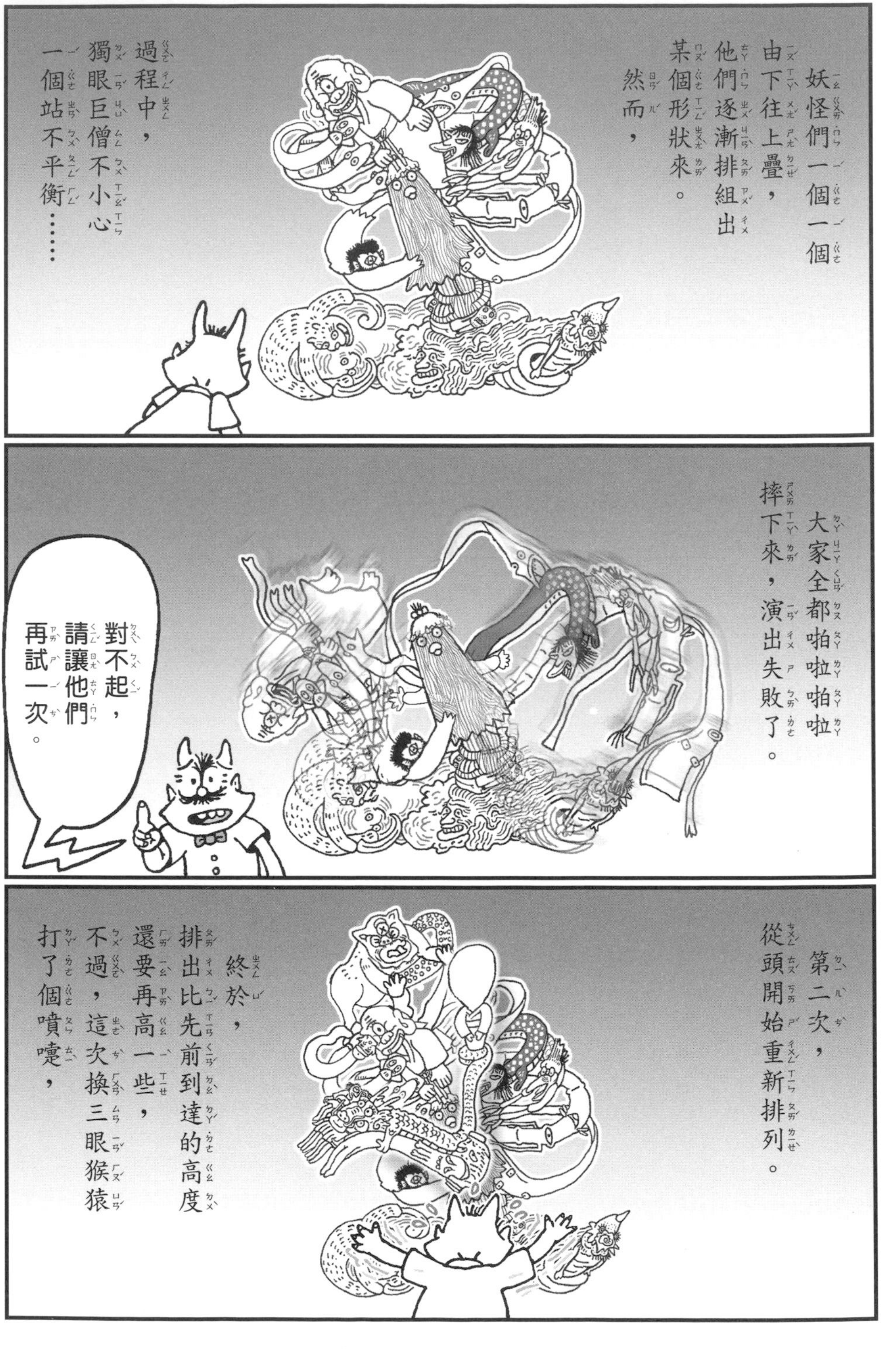
妖怪們一個一個
由下往上疊，
他們逐漸排組出
某個形狀來。
然而，
過程中，
獨眼巨僧不小心
一個站不平衡……
大家全都啪啦啪啦
摔下來，演出失敗了。
對不起，
請讓他們
再試一次。
第二次，
從頭開始重新排列。
終於，
排出比先前到達的高度
還要再高一些，
不過，這次換三眼猴猿
打了個噴嚏，

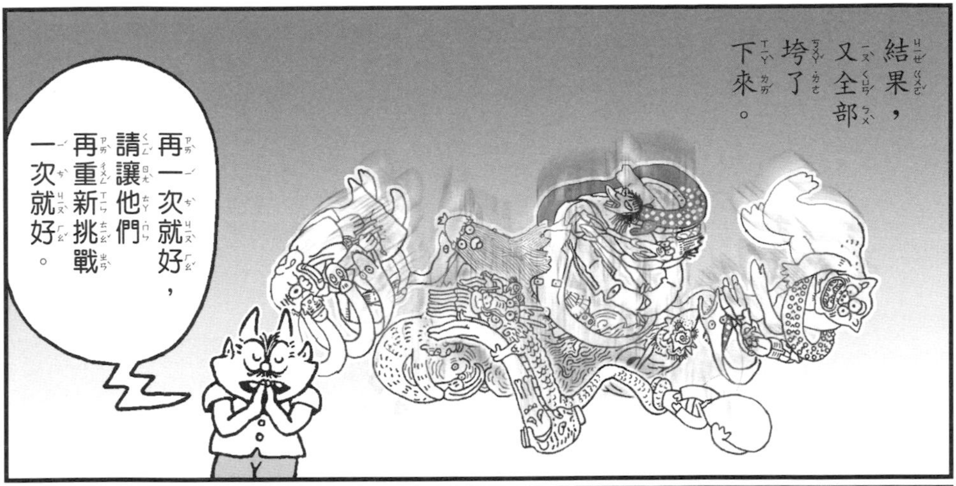
結果，又全部垮了下來。
再一次就好，請讓他們再重新挑戰一次就好。

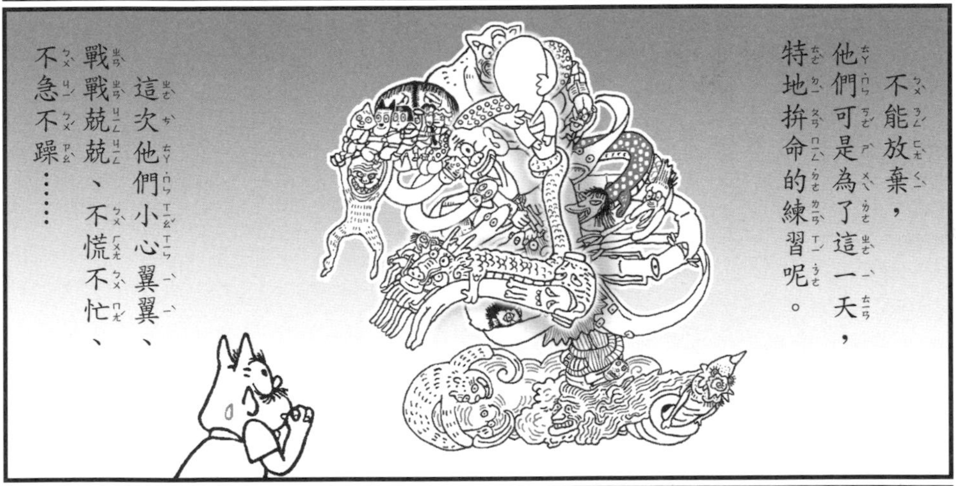
不能放棄，他們可是為了這一天，特地拚命的練習呢。
這次他們小心翼翼、戰戰兢兢、不慌不忙、不急不躁……

慢慢的重新排組疊羅漢。
終於讓他們順利疊成了——

喀拉喀拉骷髏！

原來妖怪們是藉由疊羅漢體操努力再現了喀拉喀拉骷髏。

非常喜歡妖怪的小小，看到這樣的景象，既感動，又興奮不已。

他趁著喀拉喀拉骷髏還沒解體之前，爬到

骷髏頭上，拍了一張照片。
太棒了！看到大家這麼拚命，真是令人打從心底感動，在疊羅漢體操完成之前，都緊張得不敢喘息呢。事實上，
已經超過休息時間了。接下來的活動將稍作調整，不然，孩子們就沒辦法趕在九點之前回家了，
喀拉喀拉骷髏的實際模樣

「所以，我決定取消土風舞這個項目，
直接進行下一個比賽。」
聽到妖怪學校老師這麼宣布，
佐羅力全身無力的，
當場倒下。
他一心期盼著
要與夏洛特老師手牽手跳土風舞，

就是為了這個才一直忍著疼痛，堅持到現在。

「啊，糟了！該怎麼辦才好呢？」

佐羅力所心儀的夏洛特老師連忙跑過來抱住他，然而，佐羅力已經完全昏死過去了。

夏洛特老師轉頭看著佐羅力隊的所有成員說：

「佐羅力先生昏倒了，
他是為了我們才會拚了命的
奮戰到現在，
就讓他休息
一陣子吧。
接下來的比賽，
在佐羅力先生醒來之前，
我們要通力合作，
竭盡所能的比賽下去。」

由於夏洛特老師的一席話，
佐羅力隊所有成員團結一條心。

下一個比賽是「拔蛇」。

所謂的「拔蛇」——

就是用「蛇」
取代「繩子」，
讓兩隊隊員
相互拉扯的競賽。
不過，由於蛇是活的，
受到拉扯就會感到疼痛，
說不定會因此想要
吞掉站在牠附近的選手。
所以，在與對手隊伍比賽時，

也必須同時留意
位在自己隊伍最後方的蛇，
是一種很需要戰鬥技術的比賽。
不過，佐羅力隊的隊員
充分運用了
佐羅力所傳授
給他們的
每一項
智慧。

首先，站在最前方的夏洛特老師，
把「投火球」比賽中
曾經使用過的工作用手套，
做成了青蛙玩偶，
伸直了手，
將青蛙玩偶捧向前方。
於是，對手隊伍的蛇，
誤以為那是食物
就靠了過來。

3 3

在這同時，
伊豬豬則將「投火球」
比賽中拿到的火球，
往他們這邊的蛇湊近，
燙得蛇受不了往後逃。
於是，兩邊的蛇都快速
往佐羅力隊的陣地移動，
比賽很快就分出勝負了。
而接著則是——

「障礙賽」。佐羅力隊原本以為所謂的跨越障礙比賽只要隊員一起越過運動場上所布置好的

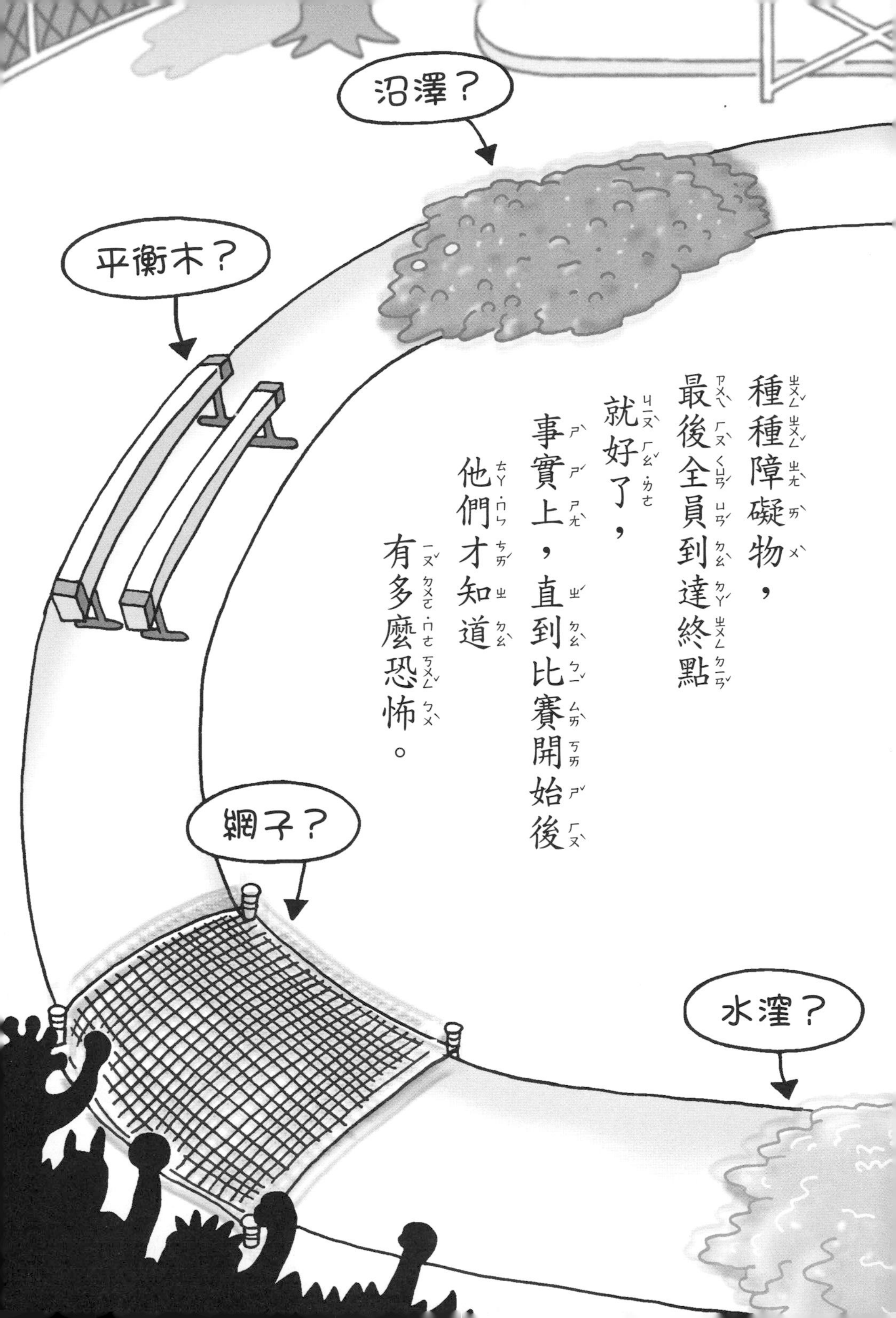

種種障礙物，
最後全員到達終點
就好了，
事實上，直到比賽開始後
他們才知道
有多麼恐怖。

比賽的過程中，從他們以為是障礙物的地方，紛紛跑出各種小怪物，阻擋大家前進。

沒錯，原來比賽的關鍵並不是「障礙物」，而是「小怪物」。

突然被恐怖的小怪物追著跑的夏洛特、小尚和伊豬豬，只能尖叫著到處亂竄。

這樣他們當然

窸窣窸窣
前面讓開
小小殭屍
溼淋淋怪
哇～別過來，快到那邊去呀～

沒辦法獲勝啦。
再來還剩下兩項比賽。
如果接下來的比賽
同樣也不能
打敗對方取得分數，
那這樣的話，
佐羅力隊看起來
很快就要
輸掉了。

咿呀啊
碎片拼拼怪
扭扭怪

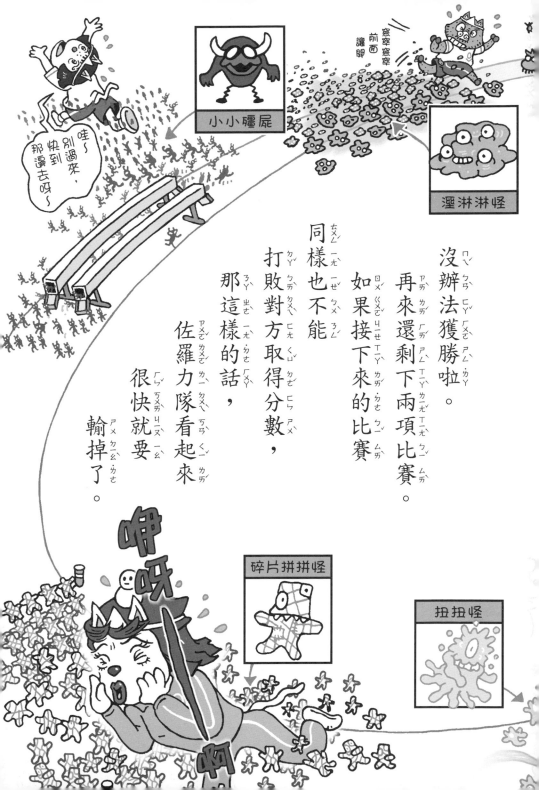

大家只好重新振作起士氣，
準備面對下一場比賽——
「搶棺木比賽」。
這是妖怪特有的比賽，
也就是將「搶椅子遊戲」中的椅子，
用棺木來代替。
兩隊的所有成員都要參加，
能夠搶到最後一具棺木
的隊伍就是贏家。

★搶棺木比賽

參加者在音樂聲中，必須繞著
比參加者數量來得少的棺木走，
當音樂一停，
就要飛快搶著跳進棺木中，
沒有搶到棺木的妖怪就被淘汰。
被占據的棺木數逐漸減少，
能夠搶到最後一具
棺木的隊伍，
就算獲勝。

當大家準備走向運動場時，
佐羅力翻了一個身，
看起來似乎就快醒了。
佐羅力隊的每一位成員
都有著強烈的想法：
接下來的「搶棺木比賽中」非贏不可，
而且，直到最後一項競賽，
都要在領隊佐羅力恢復精神前，
竭盡全力的拚鬥下去。

舔汙垢妖怪
不斷舞動舌頭阻撓對手
舔
舔
舔

在這項比賽中，
日本妖怪非常活躍，
他們靈巧的運用了
自己的獨門特技。
還有妖怪犧牲自己
來進行防守，
好讓同伴們
能夠搶到
棺木。

油紙傘妖
撐起傘來阻擋
張起蜘蛛網阻擋
蜘蛛女

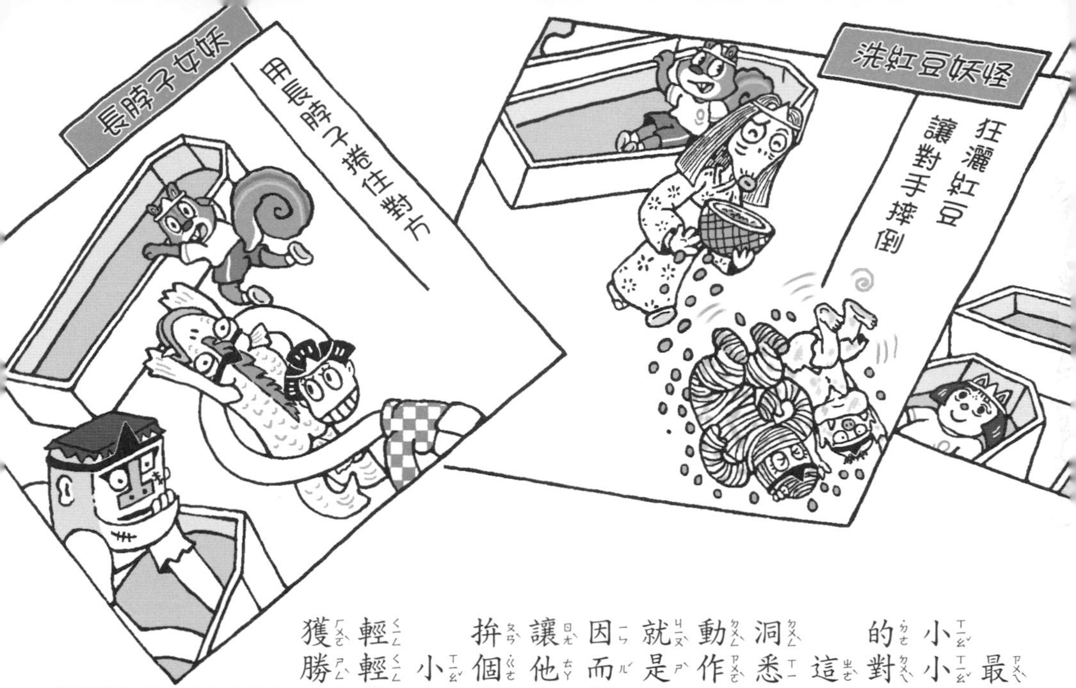
長脖子女妖
用長脖子捲住對方
洗紅豆妖怪
狂灑紅豆
讓對手摔倒

最後成了小小與科學怪人的對決。

　這也是夥伴們洞悉了對手隊伍中動作最遲緩的，就是科學怪人，因而刻意留下他，讓他與小小拚個高下。

　小小果然輕輕鬆鬆的獲勝了。

4
4

終於，佐羅力隊如同期盼的，將比數打平了，

　他們得意洋洋的回到隊上一看……

嗚——

佐羅力已經醒了。

哇。
佐羅力先生，我們已經追成平分了，最後的接力賽一定要贏，請問我們要採取什麼樣的作戰策略比較好呢？
你們想怎樣就怎樣吧——

還沒從休克的狀態中完全恢復的佐羅力，嘴裡吐出了不經大腦的答案。

這讓好不容易才振奮起來的三位小學生，玻璃心碎了一地。

於是，夏洛特老師趕快說：

嘿！

搔搔抓抓

小小、奎雷爾、小尚，佐羅力先生一定是希望你們能夠發揮出自己的智慧和力量喔。
對、對耶。老師說的對，這是我們在這裡的最後一次運動會。讓大家瞧瞧我們最棒的表現。
好。為了擬出作戰策略，大家到這邊來集合。

（曾經是那麼畏縮的小小，現在已經成了能夠帶領大家的領導者。）

看到這一幕的夏洛特老師，她的胸口暖暖熱熱的。

於是，大家以妖怪知識非常熟悉的小小為中心，像比賽前半段的佐羅力那樣，不斷仔細確認著對方選手的弱點與特長，來安排接力隊員的棒次。

「夏洛特老師，
這是我們的最後一場運動會，
所以我們全都要出賽。」
「嗯，當然沒問題。」
大家把所有的力量統統拿出來吧。」
「嗯，我們一定會贏的。」
小小很有力的回答，上場人選也確定了。
一開始的對手是半魚人，跳過游泳不談，
他跑步的速度絕對很慢。因此，第一棒就讓小尚遙遙領先，
與他拉開距離。

接力賽棒次

接力賽棒次	妖怪學校老師隊		佐羅力隊
①	半魚人	對	小尚
②	狼人	對	小小
③	木乃伊男	對	夏洛特老師
④	蛇髮女妖	對	奎雷爾

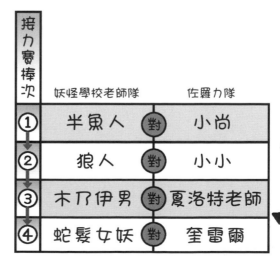

槍聲一響，接力賽開始了，
在啪嚓啪嚓的水聲中，
由半魚人操縱的
大型水槽出現了。
半魚人使勁踢著水，
使得水槽後的孔洞
噴出宛如
噴射氣流
的水柱，

藉此不斷推動著水槽快速前進。一轉眼，他已經跑完運動場半圈，把接力棒送到下一棒的狼人那裡。

看到這個情況，小小十分懊惱，眼看著就要哭出來了。

快點，快點！
啪嚓
啪嚓
啪嚓
啪嚓

不過，由於半魚人沒有辦法從又深又光滑的水槽中跑出來，所以，很難把接力棒順利交給第二位跑者狼人，因此陷入苦戰。

在他們慢吞吞交棒的時候，小尚追趕上來，將棒子交給小小；兩隊幾乎是在同一時間交棒的。

小小也知道，只要不讓狼人比賽中變身，他們那一隊就不會有勝算。

今天晚上是陰天，看不到月亮。所以只有月圓之夜才能變身的狼人，現在看起來，只不過是一位全身毛茸茸的大叔而已。

然而，終於往前跑的狼人卻突然露出痛苦的模樣，發出

嗚哇哇哇哇

的聲音，他、他居然開始變身了。

「咦？難道那本妖怪大辭典裡寫的，是騙人的嗎？」

小小抬頭往空中一看……

8K超高畫質的影像
真是漂亮。
有機會的話，
請到電器用品專賣店
體驗看看喔。

不知道在什麼時候，
天上浮現了一輪明月。
原來是妖怪學校的老師，
利用最新的8K超高畫質投影機，
在雲朵上投射出滿月的照片。
看起來簡直和真的月亮
一模一樣，
連狼人都被騙過去，
而開始變身。

嗚喔～
嗚咕咕咕
嗚～

觀眾們全都以驚嚇的眼光注視著狼人變身的模樣。

因為下一棒就是夏洛特老師，所以佐羅力身體前傾，非常仔細的關注著小小奮力奔跑的狀況。

就在狼人花費時間變身成野狼，這時，小小已經將棒子交給夏洛特老師了。

慌慌張張繼續往前跑的狼人，在交棒給木乃伊男時，不小心一把
抓到繃帶
並且拉扯開來。

於是，
繃帶被扯開的力量，將木乃伊男甩飛，而且飛快往前旋轉，甚至追過了夏洛特老師。
然而，木乃伊男卻因為感受到繃帶被漸漸扯開而想起，

先前吸血鬼在參加「跳墳比賽」時全身上下只剩下一條內褲的糗樣。

他一點也不想在眾目睽睽下，留下這麼難堪的回憶。

而且，他更想起了自己今天沒有穿內褲。

嘰嘰嘰嘰嘰

木乃伊男驚慌的緊急煞車，用力將繃帶拉了回來，趁著這段時間，夏洛特老師已經追上來，兩隊幾乎在同時交棒給下一位跑者。

接棒的奎雷爾是頭獵豹，
他對自己跑步的速度很有自信。
也絕對不想輸給穿著和服、
跑起來應該很受束縛的蛇髮魔女。
然而，蛇髮魔女接過棒子後，
卻一個翻身，頭頂著地上，
藉由她腦袋上的蛇軍團緊貼地面，
無聲無息的以驚人的速度向前爬行。
驚訝的奎雷爾一邊跑，

視線完全無法離開蛇髮魔女的腦袋。

這時，蛇髮魔女跑在奎雷爾的眼前，將手放在太陽眼鏡上。

儘管佐羅力發出大叫，奎雷爾卻沒聽到。

這時，小小從夏洛特老師的小化妝包裡——

拿出小化妝鏡。

「佐羅力大師，快用這個！」

「對！看我的！」

這時，蛇髮魔女已經拿下太陽眼鏡並且轉過身去，佐羅力立即將小化妝鏡，朝她的眼前丟過去。

蛇髮魔女立刻變成了石像，一動也不動。

於是，奎雷爾輕輕鬆鬆的超越過去，衝斷了終點彩帶。

「成功了——」

「贏了。」

三位小學生擊掌歡呼，非常的開心，

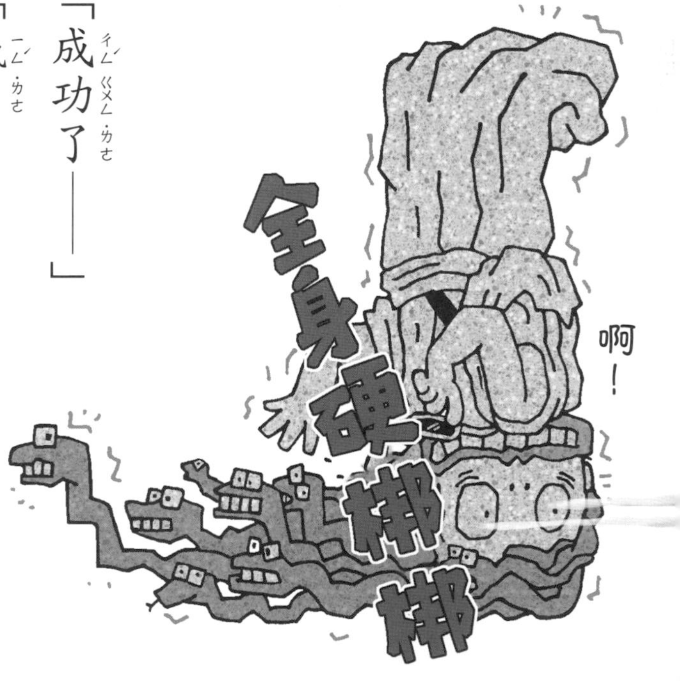

「我的小化妝鏡怎麼會造成這個結果？」夏洛特老師目瞪口呆的問。小小得意洋洋的向她解釋說：

妖怪書上這樣寫著，要是目光和蛇髮魔女視線相交，就會被變成石頭。
所以，當蛇髮魔女要把太陽眼鏡拿下來時，我知道佐羅力大師也發現了，他打算要通知奎雷爾——

沒錯，小小及時
把小化妝鏡拿給我，
讓本大爺朝蛇髮魔女
扔過去。
蛇髮魔女看到鏡子裡
映照出的自己的眼睛，
她就變成石頭啦。

「好厲害，這就是佐羅力先生和小小
通力合作才能獲得的勝利呀。」
夏洛特老師開心的說。

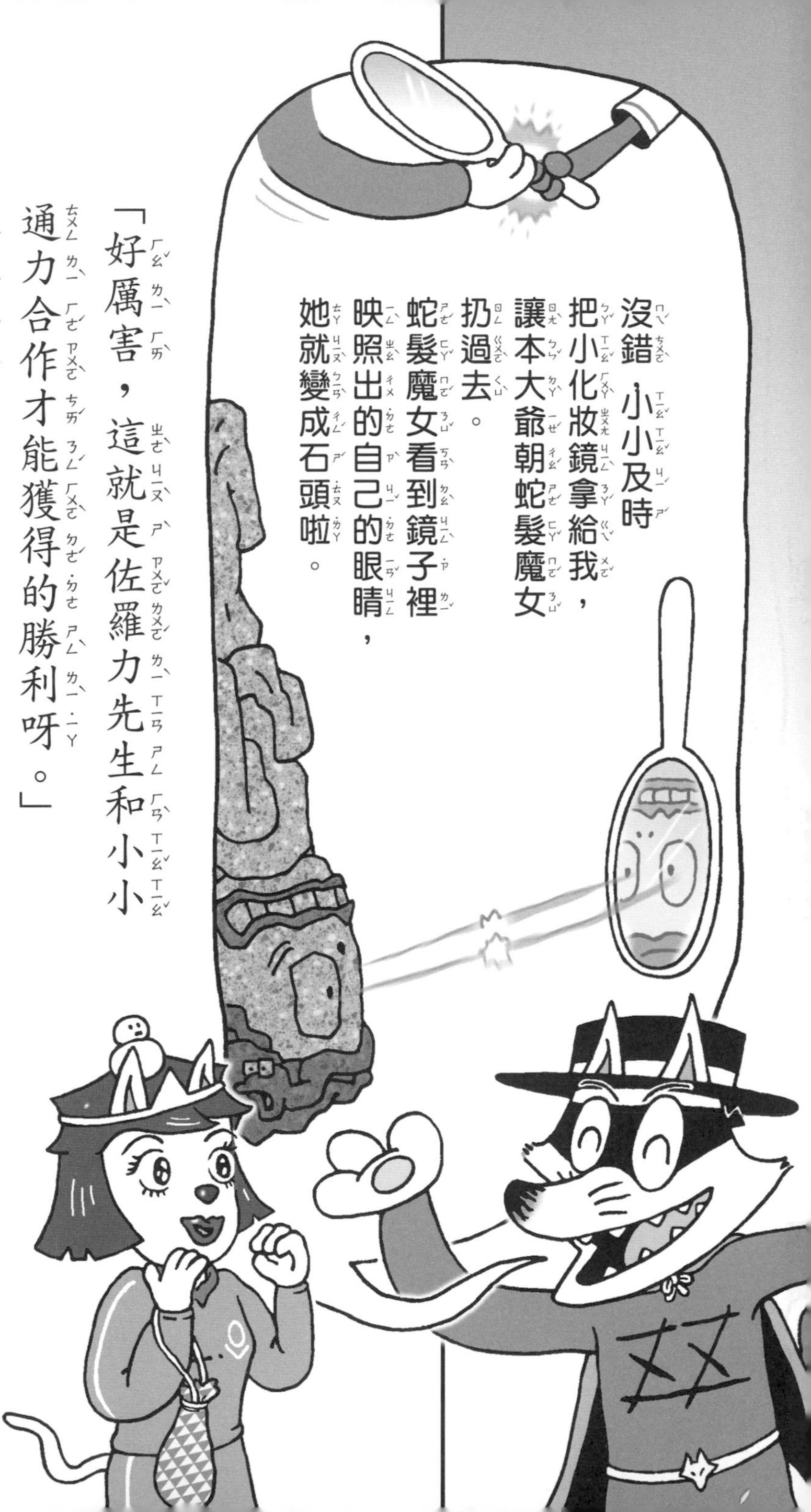

因為有你的關係，
孩子們才懂得，
努力協助夥伴的溫柔之心，
以及對自己的特長懷抱信心，
是多麼重要的事。
在最後，你還放手，
教他們透過自己的思考採取行動。
只藉由一次的運動會，
小小就能成長這麼多，
變得積極、有自信。
您真是了不起的教育家呢。
可以的話，
我也要追隨佐羅力先生，
努力像您一樣。

夏洛特老師牽起佐羅力的手，她美麗的雙眼更盯著佐羅力看。這簡直就像是愛的告白。

當佐羅力興奮的心臟怦怦跳時——

呵呵呵，不過，要是我那樣做的話，
最後一定會完全依賴著佐羅力先生，
反而失去了自我。
佐羅力先生，
我也不會輸給小小的，
我要獨自前往國外的學校重新學習。
啊，差不多九點啦，
我得送孩子們回去了。
那麼，請您
多多保重喔。

夏洛特老師留下了
這些話，

不、不，
那個、那個……
本大爺
也可以
和你一起去
旅行的……

然後，向妖怪學校
的老師和妖怪們
鄭重道謝後，
她走回孩子們身邊。
因為難得舉辦久違的盛事
而興奮不已的村民、
孩子、老師，
大家的歡聲笑語
漸漸遠去。

哇哈哈哈哈哈
那個尖牙大戰……
投球比賽竟然是投火球。
大家真的是太會扮妖怪了。這次能夠和你們一起聯合舉辦運動會，實在非常愉快很感謝你們。
沒有啦，彼此彼此。

留下來的妖怪，正在進行後續整理運動場的工作，要在太陽升起之前完成。不用說，他們當然不能在這裡留下一丁一點妖怪來過的證據。待在角落裡的佐羅力，則不斷思念著夏洛特老師的雙手帶給他的溫暖。

喔？

雖然沒有跳成土風舞，但是你們最後還是握了手，也夠了啦。
佐羅力大師真是一位了不起的教育家。證據呢，就是這次身為弟子的我們，被託付要闡揚出這個故事裡的重要主旨。
佐羅力大師，要是你真的那麼想要跳土風舞的話，我們可以陪你一起跳到天亮。

真是笨蛋啊
本大爺才沒資格
當教育家咧。
你們和我一起旅行了幾十年，
卻還什麼都不懂。
本大爺不是為了
成為教育家而旅行的。
本大爺是為了尋找美嬌娘而踏上旅途。
下一回本大爺一定會
讓大家看到我找到了美嬌娘，
你們兩個得好好幫忙啊——
是、是這樣嗎？
遵命——
當然沒有問題
那就是，
我們最想對讀過
這個故事的孩子說，
不管怎樣，
都要先把不知道
有什麼用的特價品
買起來再說喔。
對吧，佐羅力大師。

● 作者簡介

原裕 Yutaka Hara

一九五三年出生於日本熊本縣，一九七四年獲得KFS創作比賽「講談社兒童圖書獎」，主要作品有《小小的森林》、《手套火箭的宇宙探險》、《寶貝木屐》、《小噗出門買東西》、《我也能變得和爸爸一樣嗎？》、【輕飄飄的巧克力島】系列、【膽小的鬼怪】系列、【菠菜人】系列、【怪傑佐羅力】系列、【鬼怪尤太】系列、【魔法的禮物】系列等。

● 譯者簡介

周姚萍

兒童文學創作者、譯者。著有《我的名字叫希望》、《山城之夏》、《妖精老屋》、《魔法豬鼻子》等作品。譯有《大頭妹》、《四個第一次》、《班上養了一頭牛》、《那記憶中如神話般的時光》等書籍。曾獲「文化部金鼎獎優良圖書推薦獎」、「聯合報讀書人最佳童書獎」、「幼獅青少年文學獎」、「國立編譯館優良漫畫編寫」、「九歌年度童話獎」、「好書大家讀年度好書」、「小綠芽獎」等獎項。

國家圖書館出版品預行編目資料

怪傑佐羅力之妖怪運動大會
原裕 文、圖；周姚萍 譯 --
第一版. -- 臺北市：親子天下, 2019.04
104 面 ;14.9x21公分. --（怪傑佐羅力系列；53）
注音版
譯自：かいけつゾロリのようかい大うんどうかい
ISBN 978-957-503-353-8（精裝）
861.59 108000047

怪傑佐羅力系列 53

怪傑佐羅力之妖怪運動大會

作者｜原裕（Yutaka Hara）
譯者｜周姚萍

責任編輯｜陳毓書
特約編輯｜游嘉惠、陳韻如
美術設計｜蕭雅慧
行銷企劃｜高嘉吟

天下雜誌群創辦人｜殷允芃
董事長兼執行長｜何琦瑜
兒童產品事業群
副總經理｜林彥傑
總編輯｜林欣靜
主編｜陳毓書
版權主任｜何晨瑋、黃微真

出版者｜親子天下股份有限公司
地址｜台北市 104 建國北路一段 96 號 4 樓
電話｜（02）2509-2800
傳真｜（02）2509-2462
網址｜www.parenting.com.tw
讀者服務專線｜（02）2662-0332
週一～週五：09：00～17：30
讀者服務傳真｜（02）2662-6048
客服信箱｜parenting@cw.com.tw
法律顧問｜台英國際商務法律事務所・羅明通律師
製版印刷｜中原造像股份有限公司
總經銷｜大和圖書有限公司
電話｜（02）8990-2588

出版日期｜2019 年 4 月第一版第一次印行
2022 年 9 月第一版第十二次印行
定價｜300 元
書號｜BKKCH021P
ISBN｜978-957-503-353-8（精裝）

訂購服務
親子天下 Shopping｜shopping.parenting.com.tw
海外・大量訂購｜parenting@cw.com.tw
書香花園｜台北市建國北路二段 6 巷 11 號
電話｜（02）2506-1635
劃撥帳號｜50331356 親子天下股份有限公司

天色已經快要亮了。各種運動會會後整理也差不多都完成，妖怪們該離開了。
佐羅力大師，因為我的疏忽差點以為得要停辦的「妖怪運動會」，幸虧在您的協助下得以順利舉行，真的太謝謝您了。
嗯，太好了。對了，夏洛特老師他們沒有發現你們是真的妖怪吧。
對呀，夏洛特老師她很佩服的對我說：「雖然說是變裝運動會，但是大家並不只是騙騙小孩，而是盡全力裝扮成各種維妙維肖的妖怪，真是太棒了。」所以，我們應該沒有露出破綻。
嗯很好，那樣我就放心了。